La fille d'en face

Illustration de couverture
Bruno Pilorget

Malika Ferdjoukh

La fille d'en face

BAYARD JEUNESSE

3, rue Bayard, 75008 Paris
ISBN : 978-2-7470-2451-8
Dépôt légal : janvier 2008
Quatrième édition

Chapitre 1

J'entendis un crépitement...

Mon histoire avec la fille d'en face commença avec de la lumière. Les deux petits cercles de lumière rouge d'un camion de déménagement qui s'éloignait au bout de ma rue. L'après-midi, les transporteurs avaient hissé des cartons, monté des sacs, des caisses et des meubles. Mais ça, je ne l'avais pas vu, j'étais à l'école. Je ne vis même pas les nouveaux voisins. J'arrivai juste comme le camion repartait. Il faisait presque nuit.

En vérité, mon histoire commença plus tard, avec de la musique. Une musique de gouttes de pluie, un jour où il ne pleuvait pas mais où il faisait vraiment nuit.

J'étais dans ma chambre, à m'interroger sur l'influence des rayons de soleil sur la couleur des feuilles de chêne, quand j'entendis ce crépitement, cette musique de pluie, par la fenêtre ouverte. Je quittai mon livre de sciences pour aller regarder.

Sur l'immeuble opposé au mien il n'y avait qu'une seule fenêtre éclairée : celle des nouveaux voisins.

Sur la nuit, la lumière se découpait comme un écran de cinéma, et sur l'écran, il y avait un visage de profil. Le visage d'une fille. Elle était penchée, sur des feuilles elle aussi, pas des feuilles de chêne mais des feuilles de papier, et la pluie que j'entendais était le martèlement de sa machine à écrire.

La rue qui nous séparait était plutôt large, la distance brouillait les formes, mais la fille d'en face me sembla jolie. Elle s'arrêta de taper, s'adossa à sa chaise et, comme pour que je puisse l'observer mieux, son profil glissa vers le milieu de la fenêtre, à reculons.

Bien sûr, elle ne savait pas que je la regardais. Je me sentis gêné et, très vite, je tirai les rideaux entre les battants ouverts. C'est sûrement ce soir-là que je pris froid.

L'idée de me servir de jumelles ne fut pas la mienne mais celle de Dom-Dom. En les déplaçant sur la gauche, juste un peu, on voyait la fille. Dans les deux ronds du viseur, le haut de son tee-shirt s'inscrivait exactement, comme une glace double dans un cornet.

– Laisse-moi voir ! dit Dom-Dom.

Je n'obéis pas tout de suite. En face, la fille se penchait vers quelque chose par terre. Elle se redressa, un chat dans les bras. Elle avait donc un chat. Soit. Et alors ? Je passai les jumelles à Dom-Dom.

– Elle est où ? dit-il.

– Par là, dis-je.

Mon geste fut vague. Je regrettais déjà de lui avoir parlé d'elle. Je regrettais les jumelles et les yeux de Dom-Dom derrière les jumelles.

– Où ça ? dit-il encore.

Mais elle n'y était plus. Plus de fille. Plus de chat. Je pensai : « Bien fait ! », un peu déçu. Dom-Dom reposa les jumelles.

– Ça ressemble à un film, glousse-t-il en plongeant trois doigts dans ce qui restait de la Danette vanille achetée par maman hier soir.

– Un film ? dis-je sans faire attention.

– Un truc d'Hitchcock. L'histoire d'un type qui a un zoom et une jambe dans le plâtre et qui voit un meurtre chez son voisin et...

Et j'avais très envie de le voir partir. Dom-Dom est mon meilleur copain, d'accord, mais il y a des choses pour lesquelles un meilleur copain est parfaitement inutile. Je voulais regarder la fenêtre, je pouvais le faire seul.

Je fis semblant de bâiller, finis par bâiller vraiment, puis je gardai le silence.

– Oh, ça va, j'ai compris, dit Dom-Dom. J'y vais !

Il ajouta :

– Le prof de français a donné une poésie pour mardi. Tu seras guéri, mardi ?

– Le toubib a dit que je pouvais retourner au collège lundi.

– Ça te fait encore cinq jours... La chance !

Il avait l'air de tellement envier mon angine que je me demandai s'il ne venait pas pour me la voler. Mais c'est moi qui étais de méchante humeur. Dom-Dom n'aurait jamais pensé ça.

– Tu parles d'une chance ! Même pas le droit de sortir...

De son cartable à trucs, Dom-Dom extirpa sept bouquins, la boîte de pansements anti-allergie que sa prévoyante maman lui glisse, en douce, chaque matin (et que, chaque soir, en douce, Dom-Dom retire). Ensuite, il y eut le pain au chocolat éventré, le « Commando Attack »... Tout ça avant de trouver le cahier de poésies.

– Je le laisse pour que tu recopies. Bon, j'y vais, je repasserai tout à l'heure, après les cours.

C'est toujours comme ça avec Dom-Dom. Il dit : « Bon, j'y vais », mais il n'y va jamais. Je dus attendre qu'il achève la barquette de Danette avant de le voir vraiment y aller. Et encore... Il prit le temps de laver ses doigts à la vanille.

Sitôt la porte refermée, je saisis les jumelles.

Il se passa plusieurs minutes avant qu'elle ne reparaisse, et je ne voyais qu'un pan de jupe à pois. Je réglai les jumelles pour rapprocher l'image : ce n'était pas des pois bordeaux mais de microscopiques fleurs.

Le visage de la fille entra doucement dans le cadre, un peu comme dans un tableau ou une télévision, puis son tire-bouchon de cheveux pâles sur la nuque jusqu'au bout de son sourire. Parce qu'elle souriait... À personne.

À personne que je pouvais voir en tout cas. Peut-être souriait-elle au chat !

Elle devait avoir treize ans. C'est mon âge et ça me plaisait qu'elle ait mon âge. Que faisait-elle, seule chez elle, un jour d'école ? Avait-elle une angine, comme moi ? Elle n'avait pourtant pas l'air malade... Et puis, je n'avais encore jamais vu ses parents.

Elle avait le geste lisse et tranquille, comme quelqu'un qui nage la brasse, avec je ne sais quoi de pas pressé qui vous donnait envie de vous arrêter ou de vous asseoir pour admirer les choses en sa compagnie. Elle « nageait », donc, dans son petit bocal, de l'autre côté de la rue, de l'autre côté de mes jumelles. Son visage glissait, dansait, jouait à cache-cache avec mon viseur. Elle prit un disque sur un meuble. La pochette était à l'envers et le disque glissa.

Elle fit « houps ! » (c'est-à-dire que ses lèvres dessinèrent « houps ! » ; d'ici, je ne pouvais pas l'entendre le dire).

Elle se mit à genoux pour le ramasser et disparut hors champ. Je baissai les jumelles.

– Casimir ! Mais qu'est-ce que tu fabriques près de cette fenêtre ouverte ? Tu vas attraper froid !

Mme Mucha... Vite ! Je glissai les jumelles entre le fauteuil et moi. Je m'assis dessus.

– Bonjour, Madame Mucha, susurrai-je.

C'est la voisine. Maman lui avait confié nos clefs en la chargeant de jeter un œil sur le

« petit malade » (moi) à l'occasion et au cas où... Mme Mucha trouvait des « occasions » et des « au-cas-où » en pagaille. En fait, je ne toussais plus tellement et je me serais bien passé de Mme Mucha et de ses tisanes.

– Tu en as un drôle d'air ! s'écria-t-elle en retroussant les lèvres, ce qui lui donnait une tête de lama.

J'eus le frisson. Pour la tête de lama d'abord. Pour les jumelles ensuite. Avait-elle vu que j'espionnais l'immeuble en face ?

– Tu as les yeux brillants, dit-elle. C'est sûrement la fièvre !

Elle sortit le thermomètre de son étui et fonça sur moi :

– Ta température !

Les jumelles !

– Non ! criai-je.

Sa bouche mastiqua sa joue droite, sa joue gauche, un peu d'air au milieu, puis :

– Bien sûr, bien sûr... Tu peux la prendre tout seul. Tu sais lire les degrés ?

Je ne lisais que ça ! Farenheit, Baumé, Celsius, sur toutes les latitudes !

– Alors, je te laisse te recoucher. J'ai mis un bol de soupe sur la table de nuit. Appelle-moi si ça ne va pas.

Elle partit. Je comptai jusqu'à 99 avant de ressortir les jumelles.

La fille avait tiré les rideaux...

Pour m'occuper, je pris le cahier de Dom-Dom.

Quand j'eus fini de copier, j'avais tellement tiré la langue que j'en avais mal aux yeux. Avant d'écrire le nom du poète, je relus la dernière strophe :

Puis une dame, à sa haute fenêtre,
Blonde aux yeux noirs, en ses habits anciens
Que, dans une autre existence, peut-être,
J'ai déjà vue – et dont je me souviens !

La fille d'en face était blonde et portait des tee-shirts. Elle avait un chat... Et peut-être les yeux noirs ? J'attendrais, pour vérifier, qu'à sa haute fenêtre elle me réapparaisse...

Le poète s'appelait Gérard de Nerval.

Chapitre 2

J'aurais voulu pleurer...

Maman arriva vers cinq heures avec ma petite sœur Léa. Ma petite sœur, on ne la voit pas, on ne l'a même jamais vue. Elle se cache dans le ventre de maman, pour quatre mois encore. Mais pour le moment, forcément, elle se trouve là où se trouve maman.

– Ta fièvre est tombée, mon chéri ?

Sagement, j'étais planté devant la télé depuis vingt-cinq minutes. Sagement, la paire de jumelles avait retrouvé sa place dans le bureau de papa.

– La fièvre est tombée, oui, dis-je en posant des baisers sur la joue de maman. Et le dernier pot de Danette aussi...

– Je te le dis tout net : tu n'es qu'un ventre ! répliqua doucement ma mère.

– Et moi, jeteleditounette : ça te va bien de dire ça.

Elle rit :

– Je dois redescendre, de toute façon. Qu'est-ce que tu as fait de beau aujourd'hui ?

De beau ? Ma foi... Était-ce beau de guetter une fille à sa fenêtre ?

– J'ai copié un poème pour l'école.

Je l'avais même appris par cœur, presque sans le vouloir. Ça en a bouché un coin à Dom-Dom, qui passa dix minutes plus tard pour jouer au Trivial Pursuit.

Dom-Dom était en train d'engloutir un flan et un deuxième fromage (précisons : il s'agissait des « fromages » du Trivial, mais le flan était un vrai flan) quand quelque chose derrière la vitre me fit lever le nez... La lumière venait de s'allumer chez la fille d'en face !

L'envie de jouer me passa d'un coup. Je lançai mon dé et me mis à tousser. Sans beaucoup me forcer, d'ailleurs. J'avais les yeux pleins de larmes et qui me piquaient.

– Je ferais mieux d'aller au lit, dis-je. En plus, j'ai mal à la tête.

Ce n'était pas très sympa pour Dom-Dom. Pauvre Dom-Dom qui tournait le dos à la fenêtre et qui ne se doutait de rien.

Il dit :

– Bon, j'y vais !..., en embarquant un P'tit Lu pour distraire sa route.

Maman était dans la cuisine avec Léa. Je me glissai dans le bureau de papa où je repris les jumelles.

La fille avait tiré les rideaux, mais dans le bon sens cette fois. Je la voyais parfaitement.

Je les voyais parfaitement : il y avait un garçon avec elle.

– Miro ! fit la voix de papa dans l'entrée. Comment il va mon petit Miro aujourd'hui ?

J'abaissai les jumelles dare-dare et les fourrai sous la couette. Papa, maman (et Léa) entrèrent dans ma chambre.

– Je vais bien, répondis-je gaiement.

(Et je pensais : « Qui est ce type avec elle ? »)

– Tu tousses toujours ? demanda papa en me caressant le front.

– Moins, dis-je.

Prudence. Il me fallait un air adéquat. Trop larmoyant, on ne me lâcherait pas d'une cuillerée de sirop, comme avant-hier ; trop léger, on m'inviterait à dîner dans la salle à manger.

– J'ai un peu mal à la tête, ajoutai-je pour faire bonne mesure.

(Et je pensais : « Son frère ? Son cousin ?... »)

– Miro va se reposer, dit papa, qui comprend toujours tout sans le savoir.

Quand une grand-mère (pas la vôtre, j'espère) a voulu jouer la bonne fée du berceau en vous prénommant Casimir en souvenir de votre arrière-bon-papa, il vaut mieux se trouver un diminutif. C'est pourquoi tout le monde m'appelle Miro (sauf Mme Mucha, mais elle ressemble à ma grand-mère). À l'école, les copains en font parfois Miro-Mirette, Mironton ton-ton, Mirliton zon-zon... Je vous donne là les meilleures déclinaisons.

Maman me servit le dîner au lit, puis elle se crut obligée de me faire de la lecture à haute voix. Avec les jumelles dessous, la couette devenait très inconfortable.

Il me fallut attendre huit heures pour me retrouver seul. Le garçon était encore chez elle.

Sur le canapé placé de trois quarts face, ils étaient assis tous les deux, côte à côte. Le garçon était grand et vieux ; plus grand, plus vieux qu'un grand vieux de terminale. Il tenait un livre. Ses lèvres remuaient, ses doigts tournaient les pages et la fille écoutait avec un petit air sérieux... Épidémie de lecture à voix haute dans les chaumières, ce soir !

Tout à coup, ils se mirent à rire. Le garçon posa le livre et se pencha vers elle. Il l'embrassa sur le front. Il se leva en lui prenant la main pour qu'elle se lève à son tour. Je serrais très fort mes jumelles. Je voulus tourner la molette au maximum du grossissement. Elle y était déjà.

Le garçon ouvrit un grand étui en forme de 8 à manche, en sortit un autre 8, en bois lisse et verni celui-là : un violon. Après une petite pause, la fille pressa doucement l'instrument entre son épaule et son menton. Elle joua.

Ce fut comme si je découvrais sa voix. Comme si je la découvrais tout court. La musique déroulait un fil menu qui naissait sous la joue, sous les doigts de la fille d'en face, un fil qui traversait la fenêtre, montait par-dessus la rue vers moi, pour se nicher à mon oreille et au fond de mon cœur. J'aurais voulu pleurer. Je me mis à tousser.

Quand la musique cessa, mes jumelles glissèrent, mes mains tremblaient.

Je vis le garçon l'applaudir et lui parler. Exactement comme j'aurais aimé le faire. Enfin, au bout d'un moment, il enfila sa veste et il partit. Elle fut à nouveau seule. Seule, avec moi de l'autre côté.

Elle leva la tête comme si elle se savait observée. Nous étions face à face et elle me regardait. J'étais certain qu'elle me regardait. À cet instant précis, lui parler n'aurait plus été un problème. Les mots bondissaient dans ma gorge, ils allaient sortir de mes lèvres quand brusquement je vis se refermer la fenêtre. Et rideau.

Mes mains tremblaient toujours. Mais je venais d'apprendre trois choses : un, elle aimait la lecture à voix haute. Deux, elle prenait des leçons de violon. Trois, ses yeux étaient noirs.

Quatre, elle n'avait qu'un seul parent : le père, dont les cheveux étaient du même blond que les siens, et que je vis rentrer vers minuit alors que tout l'immeuble était dans les ténèbres.

Il s'installa face à la petite fenêtre à droite (celle de la cuisine) et dîna en trois minutes, tout seul. Elle ne fut pas là pour l'accueillir. Elle dormait déjà. J'aurais dû en faire autant. J'en fis donc autant.

Et bien sûr, le lendemain, Dom-Dom revint.

– Au fait, Miro, dit-il. Tu t'es servi des jumelles de ton père ?

Et comment ! Depuis le départ de maman ce matin, je les gardais vissées à mes yeux.

– J'sais pas où elles sont, dis-je candidement.

Parce que sa question dissimulait une autre question : « Je peux la voir ? » Réponse : « Non. »

Il éclata de rire, tapota la couette.

– Et ça ? dit-il, malin. Au fait, tu l'as vue ?

– Au fait, j'ai vu qui ?

« Qui ? » était une erreur. « Quoi ? » aurait pu lui donner le change.

– Cette fille à la fenêtre, répondit-il.

Il prit mes jumelles.

– C'est laquelle déjà ?

– Trouve tout seul, bougonnai-je.

Il trouva. C'était facile. À cette heure du jour, la plupart des fenêtres sont vides ou closes, sauf la sienne.

– Ah ! fit Dom-Dom. Elle est là.

Évidemment. J'étais bien placé pour le savoir ! Je lui arrachai les jumelles : la fille arrosait les plantes sur son petit balcon, le chat rôdeur autour de ses pieds nus.

– Elle a vraiment de chouettes cheveux, dit Dom-Dom. Hier, ils n'étaient pas si longs. Si ?

Hier, ils étaient attachés, crétin.

– Non, dis-je. Mais elle s'est tartinée de perlimpinpin, crétin. Ils ont poussé tout à l'heure !

Dom-Dom cilla, ébranlé par mon œil féroce. Je soupirai vers la fille d'en face.

Elle était penchée sur les pots de fleurs de la balustrade. Avec son petit air sérieux et son petit arrosoir.

Soudain, quelque chose glissa de son poignet, quelque chose qui fila le long des quatre étages pour atterrir sur le trottoir.

– Tu as vu ça ?

– C'est son bracelet ! Elle a fait tomber son bracelet !

La fille continuait son jardinage. Elle ne s'était aperçue de rien.

En bas, la rue était vide.

Chapitre 3

Je l'ai appelée Étoile...

– Dom-Dom, dis-je. Va le ramasser !

– Hein ?

– Vas-y, je te dis ! Tu ramasses le bracelet et...

– Je monte le lui rendre, c'est ça ?

– Non, tu me l'apportes.

– T'es fou ! C'est du vol. Si elle me voit ? Si quelqu'un me voit ?

– Bon, j'y vais ! dis-je, prenant à mon compte la phrase favorite de Dom-Dom.

Et j'ajoutai :

– Je vais le lui rapporter.

Dom-Dom ouvrit la bouche une fois, deux fois ; à trois il avala :

– Mais tu viens de dire que...

Le pauvre ! Il lui fallait un bon quart d'heure avant de comprendre que je voulais moi (moi ! moi !) rendre son bracelet à la fille.

– Bon, j'y vais, dit-il.

Il redevenait normal.

– ... parce que si la mère Mucha te voit sortir...

– Dom-Dom ! dis-je. T'es un frère !

Et je le pensais. Je lui donnai deux Kinder au cas où il se serait senti seul dans l'escalier. Il descendit.

Dans les jumelles, la fille avait quitté le balcon. Elle bougeait en ombre chinoise derrière la petite fenêtre de la cuisine où j'avais vu son père dîner la veille.

Dom-Dom traversait la rue. Au bas de l'immeuble d'en face, il me lança un petit signe discret de la main. Je le vis faire rouler un Kinder par terre puis le ramasser. Alors, Dom-Dom grimpa de dix crans dans mon affection : il sacrifiait le Kinder pour le bracelet !

Il revint au galop.

– Tiens ! dit-il, rouge comme une cape de toréador.

C'était un bracelet en plastique transparent brun, joli comme un caramel dur. Un caramel recouvert de Kinder fondu, ce qui me donna une idée de l'état d'angoisse de Dom-Dom quand il l'avait ramassé et de celui de ses mains en cette minute même.

J'essuyai le bracelet. Je pensais : « Voilà. J'ai mon excuse pour monter lui parler. »

– Et tu me dois deux Kinder ! dit Dom-Dom.

– Tu les as déjà eus !

– Mouais... L'un a fondu, l'autre est allé dans le caniveau.

Je soupirai. Mais il les avait bien mérités.

Quand il repartit déjeuner chez lui à midi vingt, j'eus presque envie de l'embrasser. En fait, j'aurais bien embrassé tout le monde !

Sauf Mme Mucha. Encore que...

Ce soir-là, j'ai donné un nom à la fille d'en face.

J'étais dans mon lit, sa fenêtre brillait comme une étoile dans la nuit de la rue.

Je l'ai appelée Étoile.

Je voyais Étoile de l'autre côté du lit, de l'autre côté de la nuit, très loin. J'aurais pu, avec les jumelles, lui faire traverser la vitre, la rapprocher de moi, de mes yeux. Mais je n'étais pas seul.

– Faites-lui donc un lait chaud avec du kirsch, disait Mme Mucha, assise sur le bord de ma couette à côté de maman (et de ma petite sœur).

– Du kirsch ! Avec les antibiotiques ? s'exclamait maman.

– Oooh... Allons, une toute petite goutte !

– J'ai entendu dire que c'était déconseillé. J'ai également entendu dire...

En attendant, c'est moi qui les entendais. Je n'écoutais qu'à moitié, très abattu, très fatigué, l'air très idiot sans doute. Je pensais : « Lundi... Lundi, j'aurai le droit de sortir, j'irai lui rendre le bracelet. Lundi... »

– Vous croyez qu'il pourra sortir, lundi ?

– C'est vrai qu'il a les yeux encore fiévreux...

C'était trop ! Je poussai un gémissement et fermai les yeux pour qu'il n'y ait plus de fièvre à voir, à montrer ou à supposer. J'ai fini par dormir.

La tête dans les étoiles.

Un matin, elle joua. Son chat sur une épaule et le violon sur l'autre. Je l'écoutais. À un moment, Étoile fit valser l'archet au-dessus du chat comme s'il était violon et je me mis à rire.

L'après-midi, elle s'installa au creux d'un fauteuil (le chat au creux d'elle), devant sa machine à taper. Qu'est-ce qu'elle pouvait bien écrire ? Chatviolon, seul, pouvait le dire.

C'est là que je commençai à penser...

À penser qu'elle était si près et que lundi était si loin ! Elle était seule. Moi aussi. Il n'y avait qu'une rue à franchir.

À quinze heures, je m'habillai, le cœur grondeur comme un train à grande vitesse. Baga-dam, baga-dam...

Je glissai le bracelet caramel dans un petit sac plastique et me faufilai sur le palier. J'allais juste appuyer sur le bouton de l'ascenseur quand :

– Qui est là ?

Mme Mucha ! Qui ouvre une large porte et reconnaît sa proie.

– Mais ! Que fais-tu debout, Casimir ?

Je me sentis verdir, pâlir, rougir. Un vrai lampion du Japon !

– Tu ne sors pas, quand même ? s'écria-t-elle, ruminant derrière ses lèvres de lama. Et tu as vu comment tu es couvert !

C'est-à-dire pas du tout... Je portais ma chemise rodéo reçue à Noël et le plus beau de mes jeans. Honnêtement, peut-on se présenter à une étoile en écharpe de laine et pyjama jogging ?

– Je... j'avais envie d'une barre de chocolat, alors...

– Ttt-ttt, mon garçon ! Je ne veux pas te rendre à ta mère avec une pneumonie. Retourne dans ta chambre !

Et puis elle me fourra au lit, et elle prit ma température (ttt-ttt), et puis elle me servit une tisane verte brûlante...

Elle resta tout l'après-midi. Pour la première fois de ma vie, je détestai quelqu'un. Mais alors, VRAIMENT !

À croire qu'elle me copiait, ce soir-là, la fille d'en face se mit en colère. Je la vis discuter ferme avec son père, qui était rentré tôt. Papa et maman ne m'ont pas donné l'oreille de Superman, mais à la voir secouer vigoureusement la tête, on comprenait que c'était « non ».

– « Non ! Non ! Non ! » disait-elle dans le silence de mes jumelles.

Les cheveux un coup vers l'arrière, un coup vers l'avant, elle croisait, décroisait les bras, pointait le menton-non-non et recommençait.

Ce n'était plus ma paisible nageuse de brasse, mais une crawleuse effrénée.

« Non. » À quoi ?

Son père avait l'air embêté, mais restait calme. Il la fit asseoir et se lança dans un discours... qui n'eut pas du tout l'effet prévu. À la fin du discours, ma crawleuse plongea le nez dans ses mains et s'effondra en larmes.

Son père l'entoura de ses bras : « Là ! Là ! » chuchotait la main du papa sur son épaule.

Qu'est-ce qu'il pouvait y avoir de si grave ? Ma gorge se noua de ses sanglots à elle.

– Là ! Là ! murmurai-je. Je pleure, moi ?

Mieux. Je me mis à tousser. Une belle quinte qui me cloua au lit deux bonnes minutes.

Papa ouvrit ma chambre, alarmé.

– Ça va mal ?

Pire.

– T... t... tout va b... b... bien, hoquetai-je.

Il me regarda d'un air de doute, me flanqua de grandes tapes dans le dos :

– Là, là, là..., me dit-il.

Les pères se mettent-ils tous à chanter quand pleurent les enfants ?

– Tu es mal parti pour être en forme lundi, murmura papa, soucieux. (Regard vers la fenêtre qui bâillait.) Mais si tu n'ouvrais pas, aussi !

– J... j... j'aime l'air ! Et... et... je veux...

Il attendit patiemment que je me calme et dit :

– Tu veux...?

Je pris une grande respiration :

– Je ne pourrais pas sortir demain ? C'est samedi, le jour du foot.

Papa leva les yeux au ciel :

– Elle jouait au foot, Dame aux camélias ?

– Dame aux camélias n'avait pas d'antibiotiques... ni de match contre les Jaunes du Sporting, elle !

Et quand on passe son temps le nez dans les fleurs, on ne peut pas, du même coup, contempler les étoiles. Mais cela, je ne le dis pas à papa.

– Justement, Miro, dit-il gravement. C'est très fatigant, les antibiotiques. Le docteur a dit lundi... Donc, nous verrons lundi.

Je fermai les yeux et protestai faiblement :

– Mais...

– LUN-DI. Tu veux un verre d'eau ?

Merci, non. Ce que je veux, c'est sortir DEMAIN. Traverser la rue. Monter quatre étages. Rencontrer la fille d'en face : « Bonjour, je suis le garçon d'en face. Je te rapporte ton bracelet... »

– Je ferme la fenêtre, dit la voix de papa, très loin de moi.

« Oh, mon bracelet ? Je le cherche partout ! C'est un souvenir de mon oncle Geronimo, il me l'a ramené d'Amazonie. Sans toi, je ne l'aurais jamais... »

Le baiser de papa sur ma joue me réveilla. Et zut. Je lui en voulus un peu. Mais il ne pouvait pas deviner que je rêvais déjà. Je me tournai sur l'oreiller, à la recherche dc mon rêve.

Mais je me rendormis. Bêtement.

Chapitre 4

Je sonnai dix fois

Un tap-tap-tap de machine à écrire me réveilla vers neuf heures. On était samedi et mes parents ne travaillaient pas. Je me glissai hors des draps, traversai la chambre sans bruit et soulevai un coin de rideau. Tout était opaque, fermé : ses volets, le ciel... Il pleuvait, tap-tap-tap. Ce n'était pas sa machine, mais les gouttes. Je sentis tout de suite que ce ne serait pas mon jour.

Le week-end fut affreux.

Il y eut la visite de tatie Bernadette (« Dites-moi, qu'est-ce qu'il tousse ! Donnez-lui du miel dans du jus de citron, c'est radical ! »), celle de ma cousine Isild qui a les cheveux en l'air (« Dis-moi, tu ne prends pas de Valda ? Ça empêche de tousser »), celle, inévitable, de Mme Mucha (« Dites-moi... du lait avec une petite goutte de kirsch, pour la toux, c'est... »).

Heureusement, il n'y avait ni miel, ni citron, ni Valda, ni kirsch à la maison ! Sinon, en plus de l'angine, je m'offrais une gastrite[1].

Après le déjeuner, il y eut Dom-Dom qui, lui, ne craint plus les gastrites et qui avala trois cookies, deux yaourts, une mousse à l'abricot, dix maisons et cinq hôtels (au Monopoly). Plus tard, Félix vint jouer au Scrabble, Abdellali nous rejoignit pour parler du foot,

1. Inflammation douloureuse de l'estomac.

et tout se termina par une partie de Cluedo qui me donna des idées de meurtre.

– Oh, mon petit chou ! me dit maman. Tu en as de la chance, tous ces copains pour te tenir compagnie !

« Petit chou » était vert.

Pour les remercier, elle les invita à goûter (je ne parle pas de Dom-Dom : pour lui, la vie est un ÉNORME, un perpétuel goûter)... Du coup, je les revis dimanche !

Re-Scrabble. Re-Monopoly. Pas une fois, je ne pus sortir les jumelles de sous la couette. Une consolation : quand j'étais allé jeter un coup d'œil discret en passant, je n'avais aperçu aucune lumière. La fenêtre d'en face était toujours fermée. Et il pleuvait encore.

Le dimanche soir, je dînai dans la salle à manger avec papa, maman et Petite Sœur invisible. Au dessert, papa se pencha vers moi :

– Tu veux faire un Memory avant de dormir, Miro ?

Pitié !

– Euh... Je vais à l’école demain...

S’il faut souffler aux parents ce qu’ils doivent dire aux enfants ! Le téléphone se mit à sonner. J’en profitai pour prendre congé et filer dans ma chambre.

Sauvé !

Je plantai les jumelles devant la fenêtre...

Rien. Étoile était dans le noir. Sans doute allée se coucher. Qu’auriez-vous fait à ma place ? J’allai me coucher aussi.

Lundi...

Je me levai avant tout le monde, comme si j’avais eu un réveil dans le cœur. La première chose que je fis, c’est glisser le bracelet dans une enveloppe, l’enveloppe dans mon cartable. Maman se réveilla pendant que je faisais ma toilette.

– Déjà debout, Miro ? dit-elle en m'embrassant.

Là où elle resta franchement interdite, ce fut quand j'expédiai le petit déjeuner en quatre minutes.

– Tu es sûr que ça va tout à fait bien, Miro ? s'inquiéta-t-elle en me voyant me ruer dans l'entrée, le cartable sous le bras.

– Il est trop tôt ! ajouta-t-elle. Le collège ne sera pas ouvert.

– Je dois passer prendre Dom-Dom, inventai-je. On a rendez-vous.

Elle me serra contre elle, contre Léa roulée en boule. J'appuyai ma joue sur son ventre, je la caressai. J'adore ça... Plus que quatre mois, j'en profite.

– Couvre-toi bien, Miro ! chuchota maman en relevant le col de mon blouson. Garde ton écharpe en classe.

– Au r'voir, M'man.

Et ce fut lundi dans la rue.

Baga-dam, baga-dam... Je fis un saut à la boulangerie, j'engloutis mon croissant devant le présentoir de M. Wong, le marchand de journaux. Enfin, je traversai la rue.

Sous le porche de l'immeuble, j'ôtai mon blouson, et mon gros pull de malade, remis le blouson ouvert sur ma jolie chemise rodéo que je portais dessous.

Baga-dam, baga-dam. Mon cœur, c'était le TGV.

Il y avait un code à la porte de son immeuble. J'attendis donc qu'une âme matinale veuille entrer ou sortir. Cela me donna le temps de mouiller mon index pour lisser mes cheveux derrière l'oreille. Et aussi, celui de réfléchir un peu.

Je pensai : « Si ça se trouve, elle dort encore... »

Juste ! Je m'étais tellement dépêché que je n'avais même pas regardé sa fenêtre. Crétin.

Je sortis le bracelet du cartable, le fixai en le tournant et le retournant. Il ne pouvait pas me dire grand-chose... Enfin si, il me disait d’y aller !

Derrière la porte vitrée, je vis apparaître une dame avec un petit chien. Sésame, Sésame... La dame flâna devant les boîtes aux lettres. Elle ouvrit la porte, passa avec son petit chien. Je passai derrière le chien.

Au quatrième étage, il y avait deux portes. Laquelle abritait mon Étoile ? Sous ma chemise, le TGV atteignait des vitesses de pointe.

J’en étais là, à ne pas savoir où sonner, quand l’une des deux portes s’ouvrit. Une dame et deux enfants sortirent sur le palier.

– Allez, allez, on se dépêche ! dit la dame à ses marmots.

L’ascenseur les avala.

Donc, c’était l’autre porte. Allez, allez, on se dépêche ! Je sonnai.

Je sonnai bien dix fois avant de comprendre qu'il n'y avait personne. Personne. Étoile n'était pas là.

J'étais censé être à l'école, au cours d'anglais de Miss Firefly, j'aurais aussi bien pu être ailleurs. Je n'écoutais rien. Je ne pensais qu'à Étoile.

Je pensais : « Je suis sûr qu'hier elle n'était déjà plus là... »

Je pensais : « Je croyais qu'elle y était, mais elle, elle était partie... »

Partie.

À onze heures et demie, je marchais rue du Crépuscule avec Dom-Dom, Félix et Abdellali.

– À toi ! dit Dom-Dom.

– Quoi, moi ? balbutiai-je.

– Mais enfin, t'es où ? Dans la Lune ?

– On joue à « Si c'était... ». Pense à quelqu'un ou à quelque chose.

À quelqu'un ? Qu'est-ce que je faisais d'autre ?

Dom-Dom attaqua :

– Si c'était un objet ?

Une lumière. Douce, comme sa fenêtre le soir.

– Une lampe, dis-je.

– Une ville ? demanda Abdellali.

Toute en lumières (mais je me répète).

– Paris, dis-je. Parce que c'est la Ville-Lumière.

– Une fleur ?

Elle aimerait le soleil... Elle serait le soleil.

– Un tournesol.

– Quelque chose dans la nature ?

Bien sûr, une étoile !

– C'est une personne ?

– Je ne trouve pas ! dit Dom-Dom.

Moi non plus, et j'étais bien embêté. Qu'est-ce que je pouvais dire ? Que c'était ma voisine d'en face ? Celle à qui je pensais tout le temps depuis des jours ? Ils n'auraient rien compris. D'ailleurs, moi-même...

– Ma langue au chat ! dit Félix.

Oui, s'il vous plaît... Donnez-moi un chat !

– Dis-nous qui c'est, Miro.

Je me mis à transpirer, à jeter des regards de perdu autour. Trouver quelqu'un qui ressemble à un soleil ou à une étoile rue du Crépuscule, ce n'était pas gagné d'avance ! Dans ces cas-là, les personnages de bandes dessinées voient s'allumer une ampoule sur leur tête. Moi, c'était noir.

– C'est...

Je fermai les yeux.

– Mme Mucha !

Ils me regardèrent comme si j'avais marché dans une crotte de chien. Puis je finis par rire avec eux.

– Je dois repasser chez moi, dis-je quand Dom-Dom nous invita à aller manger chez lui.

J'allai droit chez elle. Je dus encore attendre, à cause du code. J'ouvris, vite, mon blouson sur ma belle chemise... Je me glissai avec un monsieur dans le hall. Au quatrième, je sonnai.

Personne.

Je redescendis à cloche-pied. Et je refermai mon blouson parce qu'il faisait un peu froid.

Chapitre 5

Je rougis...

À quatre heures et demie, je courus comme un fou. Le code... Le quatrième... La sonnette... Et personne.

Je m'assis sur les marches. Je pensais : « Elle a déménagé. C'est une idiote qui passe son temps à changer de maison ! » Jusqu'à ce que mes yeux deviennent si secs que les larmes coulent.

Je repris les marches en m'arrêtant sur chacune. J'essuyai tout le mur avec ma manche. Devant les boîtes aux lettres, je déchiffrai les noms pour deviner lequel était le sien. Je ne voyais rien du tout. Rien. Je me mis à tousser.

La porte s'ouvrit, une voix dit :

– Pardon, vous pouvez m'aider, s'il vous plaît ?

J'essuyai mes yeux. Je regardai.

C'était elle. C'était Étoile. Ou plutôt une pluie d'étoiles.

– Vous pouvez m'aider, s'il vous plaît ? répéta-t-elle...

À ce moment, je vis qu'elle était encombrée d'un sac, d'un petit carton, d'un bâton et du panier à chat.

– J'arrive ! dis-je.

J'ouvris subrepticement mon blouson sur rodéo-la-belle-chemise. Lissai, tout aussi subrepticement, ma mèche derrière l'oreille et je me précipitai.

– Oh ! fit-elle. Tu es jeune !

Pardon, treize ans cinq mois, et vous ?

Je ne dis rien. Je marquai un temps d'arrêt. Je rencontrai ses yeux noirs. Ils étaient encore plus noirs de près.

– Ta voix est jeune en tout cas ! reprit-elle.

J'empoignai le panier du chat, le carton, et lui ouvris la porte de l'escalier. Son bâton (il était blanc) glissa sur le sol, effleura la première marche... Ce n'était pas un simple bâton... Oh, mon Dieu !

Je faillis en laisser choir le chat par terre.

Étoile, mon Étoile !...

– Je passe devant, si tu permets, dit-elle. Ma canne te gênera moins. Tu es de l'immeuble ?

Je ne réussis pas à répondre. J'aurais miaulé comme le chat.

– Est-ce que la lumière est allumée ? demanda-t-elle.

Étoile, mon Étoile !... C'est moi qui n'y vois plus rien !

– Bon, tu réponds quand tu veux, dit-elle en riant. T'as quel âge ?

Je coassai : « Treize ans. » Je laissai tomber les cinq mois, mais j'ajoutai, tout bas :

– Et toi ?

– Pareil, treize. Eh bien, dis ! J'en connais des plus bavards !

Elle rit encore.

– Je m'arrête au quatrième, dit-elle. Tout en haut. Dernier étage.

Au terminus des étoiles. Elle sortit ses clefs. Me regarda. Ces yeux noirs, si tranquilles, si doux, devant les miens...

– C'est lourd, hein ? Si ça te dit d'entrer, il doit rester du jus d'orange. Fais pas attention au désordre, notre déménagement date de quinze jours. On ramène encore des trucs de chez mon frère. Il n'habite pas loin, je viens d'y passer le week-end.

Sa main caressa doucement la serrure avant d'y introduire la clef. Elle ouvrit. Elle entra comme si elle y voyait, avec ses gestes de nageuse de brasse. Elle alluma un lampadaire.

Je faillis dire : « Mais il fait jour ! »

– C'est plus... normal, expliqua-t-elle comme si elle avait compris mon silence.

De l'autre côté de sa fenêtre, je vis les rideaux de ma chambre. Loin. Étoile me sourit. Ses yeux brillaient.

– C'est bête, continua-t-elle en accrochant sa veste. Mais je me sens mieux avec la lumière ! Il m'arrive d'oublier d'éteindre, jamais d'allumer. D'ailleurs, si papa ne rentrait pas si tard, elle brûlerait souvent toute la nuit.

Elle ajouta :

– Papa est gardien dans un entrepôt. Le week-end, il travaille de nuit et il dort là-bas. Il rentre seulement ce soir, c'est pour ça que je vais chez mon frère. Tu le veux, ce jus d'orange ?

Je fis oui avec la tête. Puis je prononçai « oui ». Elle se pencha sur le panier du chat, l'ouvrit. La bestiole sautilla comme un papillon.

– Il s'appelle Popeye. Moi, c'est Stella.

Elle me regarda (je ne vois pas d'autre mot).

– Et toi ?

– Miro.

Stella explosa littéralement de rire. Je me mis à rire aussi, niaisement. Elle me servit le jus d'orange et s'assit.

– Je te connais, murmurai-je enfin. J'habite juste en face.

– Oh, dit-elle. Tu ne serais pas celui qui ouvre et qui ferme sans arrêt ses battants de fenêtre ? On t'entend d'ici !

Je rougis.

– Il n'y a pas de quoi rougir ! dit-elle.

M'enfin ! Comment pouvait-elle ?...

– C'est parce que je le sens, me répondit-elle alors que je ne lui demandais rien...

Ça finissait par être agaçant, zut.

– Tu sais, les gens se posent toujours les mêmes questions à mon sujet, expliqua-t-elle encore. Ce n'est pas dur. On finit par être dans leur tête !

Elle y était, dans ma tête. Plus que jamais. Alors, il valait mieux changer de sujet.

– Et la journée, tu es seule ? Tu ne vas pas à l'école ?

– Je ne suis pas seule, j'ai Papa, j'ai Popeye...

Elle soupira :

– Si. Terriblement ! Dans mon ancien quartier, j'allais dans une école spéciale. Il n'y en a pas par ici. Papa songe à m'envoyer dans un internat. Mais moi, je ne veux pas ! Je veux rester avec lui...

Moi aussi, j'aurais voulu.

– On se chamaille souvent à cause de ça. Si je voulais retourner dans mon ancienne école, continua Stella, il faudrait quelqu'un pour m'accompagner le matin et le soir. Papa est en train de chercher.

J'eus comme un déclic. La petite ampoule de BD avec : « Eurêka ! » en lettres lumineuses au-dessus de mon crâne.

– Je pourrais... bafouillai-je. Je... pourrais...

Je me tus. N'osai continuer. Qu'allait-elle croire ? On se connaissait depuis trois minutes.

– Quoi ? dit-elle.

– ... boire mon jus d'orange ! achevai-je lâchement.

Après un silence :

– Non, avouai-je. Ce n'est pas ça.

– Ah... fit Stella, simplement.

Elle m'avait encore compris sans paroles, mais cela m'arrangeait, cette fois. Elle posa les yeux sur moi :

– Tu sais... Ce serait mortel. Il faudrait te lever plus tôt, rentrer plus tard, le bus, le métro... Et tu aurais quoi, en échange ?

Je pensai : « Toi, Stella ! Ta façon de faire la

brasse quand tu te déplaces, ton rire que je viens de découvrir, tes yeux... »

Je gardai le silence. Mais elle était si forte au jeu des silences ! Elle pourrait bien deviner toutes ces raisons que je ne disais pas.

Stella chuchota :

– Ça veut dire quoi « Miro » ? C'est parce que tu portes des lunettes ou quoi ?

Je lui parlai de ma grand-mère, de mon arrière-bon-papa, et même de Mme Mucha.

– Et Stella ? demandai-je à mon tour. C'est quoi ?

– Stella ? répéta-t-elle en caressant Popeye qui venait de sauter sur ses genoux.

Elle se leva, alla vers la machine à écrire. Une drôle de machine avec un drôle de clavier à points, à barres et traits en relief. Les doigts de Stella firent tap-tap-tap-tap-tap-tap. Six fois. Sur la feuille, aucun signe, aucune trace d'encre.

Mais en se penchant un peu, on apercevait des contours, des creux et des bosses.

– C'est du morse ?

– Idiot ! dit-elle en pouffant. C'est du braille ! Regarde, regarde...

Elle me saisit la main, la posa doucement sur la feuille tandis que je regardais.

Je regardais à la manière de Stella, c'est-à-dire que je touchais les reliefs du papier. Les doigts de Stella autour des miens.

– Ceci, m'expliquait Stella, se lit « É» et ça c'est « T »...

Elle épela ensuite : O-I-L-E.

Je répétai : « É-T-O-I-L-E... Stella, ça veut dire Étoile ? »

Là, elle avait beau être très forte, elle ne pouvait pas deviner pourquoi j'éclatai de rire si fort !

Si tu as aimé ce livre,
découvre cet extrait de :

La fille aux yeux noirs...

de Séphane Daniel
N° 177 des Romans Je Bouquine

Nadia Mondrian 1962-2001. Je ne sais pas pourquoi j'éprouve le besoin de relire à chaque fois l'inscription sur la tombe. Maman n'est pas dans ces lettres gravées dans la pierre, elle est dans le fou rire qui la prenait quand, vers mes six ans, nous nous battions dans mon lit avant d'éteindre la lumière, dans cette photo d'elle sur la plage de La Baule, les yeux plissés sous la lumière du soleil, dans la corbeille pleine de colliers qu'elle laissait traîner sur l'armoire de la salle de bains, elle est dans ces milliers de souvenirs qui sont comme les éclats d'un miroir brisé qui restituerait un reflet par morceaux tranchants. Chacun d'eux me coupe, mais au fond de moi, ma mère est entière, et vivante.

Je quitte l'enceinte et rejoins mon poste d'observation. Mon bouquin d'histoire est posé dans l'herbe, près du pommier contre lequel je m'asseois. Le cimetière est de nouveau vide.

J'en suis à ma troisième matinée de guet depuis le début des vacances. J'utilise ce temps mort pour réviser. Là ou ailleurs.

L'arbre est situé sur l'arrière du cimetière ; ceux qui seraient tentés d'y pénétrer me tourneraient le dos. Devrai-je encore patienter longtemps ? Ai-je seulement l'espoir de croiser mon fantôme ?

Lundi dernier, en fin de journée, avec au fond de la poche la fleur récupérée, je suis monté dans ma chambre. Pour tuer le temps, j'ai commencé à naviguer sur Internet. Une idée m'a traversé l'esprit : j'ai tapé *ixia* dans la fenêtre de recherche. De site en site, j'ai atterri sur une page qui traitait du langage des fleurs. Le choix d'une fleur peut en effet, loin d'être le fruit du hasard, exprimer un message particulier.

À *ixia*, j'ai trouvé *Vous faites mon tourment*.

Le son d'une porte qui grince m'arrache brusquement à ma rêverie. Je lève les yeux. Quelqu'un pousse la grille et s'avance dans l'allée centrale. Le souffle coupé, j'observe un moment. C'est une fille. Elle progresse lentement, un bouquet en main. Lorsqu'elle se trouve devant la tombe de maman, elle se fige et, les mains croisées sur le ventre, fixe la pierre.

Je me redresse d'un bond et franchis la distance qui me sépare du cimetière sans la quitter du regard. Elle semble recueillie, ou simplement pensive. Quand le gravier commence à crisser sous mes pas et que la grille claque derrière moi, elle relève la tête et la tourne imperceptiblement, comme pour mieux tendre l'oreille. Alors que je ne suis plus qu'à deux pas, elle fait volte-face.

Sur son visage, je ne découvre pas la tristesse qu'on s'attend à trouver en pareil endroit, mais de la colère. Peut-être constate-t-elle ma surprise car son regard s'adoucit instantanément.

Ses cheveux bruns tirés en arrière et maintenus par un serre-tête crème révèlent un beau visage têtu où brûlent deux yeux noirs qui plongent sans ciller dans les miens.

– Bonjour ! je lui lance d'une voix neutre.

– Salut ! répond-elle sur le même ton.

Curieux moment. Je me sens gêné tout à coup. Elle semble me demander ce que je lui veux, et je n'en sais trop rien. Tous les deux, dans ce cimetière... Je baisse les yeux vers le bouquet qu'elle a posé sur la tombe devant elle. Des ixias.

– Tu connaissais ma mère ?

– Ta mère ?

Ma question l'a décontenancée. Elle fronce les sourcils et se retourne vers la tombe.

– Oui, je reprends, Nadia Mondrian qui est enterrée là, c'est ma mère. Tu la connaissais ?

– Pourquoi tu me demandes ça ?

– Ben, à cause du bouquet !

Son comportement me semble de plus en plus étrange. Son silence se prolonge, jusqu'à ce qu'elle le rompe en récupérant ses fleurs d'un geste brusque.

– Elles ne sont pas pour elle mais pour ma tante.

Elle a tendu la main vers la tombe d'à côté, celle d'Adeline Constant. Adeline Constant, l'épouse de Victor, disparue en 1997, peu avant qu'Armand et maman s'installent à Mongicourt ; voisins jusqu'au bout...

– Je ne savais pas que Victor avait une nièce. Je suis Lucas, j'habite à côté de chez lui.

Elle regarde la main que je lui tends comme si j'y cachais un insecte venimeux. Quand elle se décide à la serrer, c'est sans conviction. Maintenant, son regard est devenu fuyant.

– Et tu es ?...

Elle hésite avant de répondre du bout des lèvres.

– Karine.

– C'est toi qui as laissé un bouquet d'ixias l'autre jour ? Tu t'étais déjà trompée, je l'ai retrouvé près du mien.

– C'est possible. Excuse-moi mais il faut que j'y aille.

Elle me contourne en me frôlant. Au passage, je respire le parfum niché dans son cou. Je voudrais la retenir mais je ne sais pas comment. Son départ ressemble à une fuite, et mon mutisme à une lâcheté. Je vois sa silhouette s'éloigner. En passant la grillc, cllc mc jette un dernier regard appuyé. J'ai l'impression qu'elle veut ajouter quelque chose mais qu'elle se ravise.

C'est à pied qu'elle s'éloigne en direction du village. Et disparaît.

Dans la même collection

MICHEL AMELIN
La momie décapitée, N° 120

PASCAL BASSET-CHERCOT
Morgane, N° 140

HUBERT BEN KEMOUN
Un cadeau d'enfer, N° 113

PATRICIA BERREBY
ET CHRISTOPHE NICOLAS
L'emm@ileur, N° 155

BÉATRICE BOTTET
La fille du pirate, N° 149

JÉRÔME BOURGINE
L'œuf de cristal, N° 146

MARYSE CONDÉ
Rêves amers, N° 119

HORTENSE CORTEX
Garçon manqué, N° 122

STÉPHANE DANIEL
La fille aux yeux noirs, N° 177

JEAN-MARIE DEFOSSEZ
Aïninak, N° 145

MARIE-HÉLÈNE DELVAL
Les chats, N° 160
La Dame rouge, N° 165

MARIE DESPLECHIN
Copie double, N° 101
Les confidences d'Ottilia, N° 117
Ma vie d'artiste, N° 138
Dis-moi tout !, N° 150
Petit boulot d'été, N° 171

RÉGINE DETAMBEL
Écoute-moi !, N° 110
Jalouse, N° 142

D. DOYLE ET J. D. MACDONALD
Le cercle magique
Randal, l'apprenti sorcier, N° 151
Le secret de la tour, N° 154
Le pouvoir de la statuette, N° 157
Danger au palais, N° 158
Le château du sorcier, N° 163
La fille du grand roi, N° 166

IRINA DROZD
Un tueur à ma porte, N° 103
Le garçon qui se taisait, N° 107

MALIKA FERDJOUKH
La fille d'en face, N° 129

René Frégni
La nuit de l'évasion, N° 118

Gilles Fresse
Un rêve si simple, N° 172

Pascal Garnier
Les enfants de la nuit, N° 173

Alain Gerber
Le roi du jazz, N° 127

Laurence Gillot
Coup de foudre, N° 112

Alison Leslie Gold
Mon amie Anne Frank, N° 164

Jean-Paul Gourévitch
La vengeance des Barbares, N° 167
Le trésor des Barbares, N° 179

Christian Grenier
Je l'aime, un peu, beaucoup..., N° 116
Le visiteur de l'an 2000, N° 130
Urgence, N° 145

Y. Hassan et R. Hausfater
L'ombre, N° 168

Paula Jacques
Samia la rebelle, N° 102

Alain Korkos
Akouti-les-Yeux-Clairs, N° 139

Martine Laffon
Fou du vent, N° 152

Christophe Lambert
Le fils du gladiateur, N° 148

Danièle Laufer
L'été de mes treize ans, N° 126

Thomas Leclere
Mauvais garçons, N° 137

W. Lewin et M. Margraf
La troupe du loup
Le moine, N° 159
L'ami, N° 169
La sauvageonne, N° 170
L'otage, N° 175
La sorcière, N° 176
Le tournoi, N° 180

Claude Merle
La révolte des barbares, N° 131
La déesse de la guerre, N° 132
Le sang de Rome, N° 133

Christian de Montella
Reste avec moi, N° 114
L'équipe, N° 125

La fugitive, N° 135
Le dernier sprint, N° 144

MARIE-AUDE MURAIL
D'amour et de sang, N° 123
Jeu dangereux, N° 136
Dragon-mania, N° 156

KENNETH OPPEL
Silverwing, N° 162
Sunwing, N° 174

CHRISTOPHER PAOLINI
L'héritage
Eragon, N° 178

BRIGITTE PESKINE
Mon grand petit frère, N° 111

GISÈLE PINEAU
Case mensonge, N° 153

ANNE-MARIE POL
Mon ennemi, mon amour, N° 115

FLORENCE REYNAUD
Maldonada, N° 115
Le traîneau d'Oloona, N° 181
Enfant de personne, N° 147

MARIE-SABINE ROGER
La saison des singes, N° 124

FRANÇOIS SAUTEREAU
Les kilos en trop, N° 134

BORIS SITRUK
Ma vie est une galère !, N° 128

BRIGITTE SMADJA
Ce n'est pas de ton âge !, N° 105

MARIE-AGNÈS VERMANDE-LHERM
Le carnet disparu, N° 141

CATHERINE ZARCATE
Le prince des apparences, N° 161

Bayard
10-15 ANS
je BOUQUINE
Eragon enfin au cinéma !
N° 274
DÉCEMBRE 2006
Le nouveau roman d'Anthony Horowitz
A. Horowitz
Chaos de Noël

je BOUQUINE
Marie-Aude Murail
Le baron de Nonpareil

je BOUQUINE
Didier van Cauwelaert
On a volé Madame Belon

je BOUQUINE
TAN-TAM
L'alibi

Cet ouvrage a été mis en pages
par DV Arts Graphiques à La Rochelle

Imprimé par CPI – Clausen & Bosse
en janvier 2008

Imprimé en Allemagne
Dépôt légal : janvier 2008